句集

流体めぐり

原 満三寿

Hara Masaji

深夜叢書社

句集　流体めぐり

跋　齋藤愼爾
装丁　高林昭太

春や春わたくしきれいなけむりだし

春いちばん大きな種とばす　ぷはーっ

まんさくが狂《ふ》れるばかりにクレヨン画

さしあたり海苔をあぶりてうれしがり

桃さいて薄笑いする日章旗

花と痴れ「悪の凡庸さ」*と知るべしや

＊ユダヤ人の政治哲学者ハンナ・アーレントによるアドルフ・アイヒマン裁判の傍聴レポートのキイワード

豆のはな村の消防車つっぱしる
空気ゆらゆら息ひいふうみいよ豆の花

いぬふぐりに誘われママチャリ道ふみはずす

春師きて空気は皮膚だといいつのり

首級かかげて菜の花畑わあわあ奔る

楤の芽がしつこく問う　食うのかと

蕗の薹やがて呆けるを逆らわず

家族走る子細は知らず花ぐもり

はるの雨はるの仕草で還りくる

この手から石斑魚《うぐい》と逃げる春の水

春楡と垂直し空きっ腹の紺碧

その春の傷がこれよと甲斐の犬

行く春を眠らずにいる木偶《でく》の人

眼《まなこ》のぞかれどうしょうどうしょう紫木蓮

春だから遺文は殺し文句のみ

春の橋やたらのけ反りはずかしき

執拗な逝きし春男の大きな鼻

春の夜や白骨だけの山手線

梨のはな喪家がたてる水の音

兜焼善人なおもて目玉えぐる

よんどころなき事情で離さぬ春の腕

春の夜や無人の椅子に闇童子

ああたが〈いいおしめり〉いうから雨やまず

梅雨あがるまあるい蟲々出没す

万緑に入れば万緑の面構え

万緑や生前の子死後の子繁るかな

百日紅なにがいいたい手紙かな

炎昼の広場に家族こわれゆく

かわたれの蕩児がのぞく蟻地獄

短夜の渡世にひしめく溲瓶かな

百人生まれ百一人死ぬ遠花火

螢のんでノラ公うすく笑うかな

蟬しぐれ一揆の老衆輪をつくり

油蟬つじつまのあわない激突死

いまごろのいろいろに死ぬ油蟬

猛暑かな舌の先からレールのび

末っ子は火蛾ともなれず螢光す

葬列に鳴き声粗らし青葉木菟

かたつむり火焔をふいて莞爾たり

ひととおり粘ってみせる蝸牛

患部には患部のいわく海の旅

山峡の夜汽車に宿る星の群れ

自叙伝も雨後の浮巣も襤褸かな

ふたりして毛虫いじめて夏茱萸《なつぐみ》ほおばった

きみと別れ海鞘《ほや》の無毛は多弁なり

向日葵の天辺犇めく闇の粒

夕焼けて遍路も望郷も佇ちつくす

長でんわ腕に晩夏の蟲はわせ

ところてん使い古した顔よござんす

冷夏かな蜘蛛ひっそりと蜘蛛を食い

蜩の古書肆であさる蟬の殻

カナカナやわがノマドすてがたし

八月はドラム缶たたく怒ってるんだ

石段を八月の途中がころげおち

かの神が黒く濡らしたあの日かな
ぼくの神どうかしちゃった夏おわる

痴呆家のひとびと爆笑萩こぼれ

風草と山羊いっぴきの墓の裏

宙ぶらりんゆえに我あり柿はれる

大柿の悔悟は落下の途中かな

いろいろあってどかんどかんと紅葉酔い

タンクローリー紅葉す胴体エロスなり

大根を煮しめ尽くして日本忌

だからね軀なんて氷頭《ひず》で氷頭だなあ

枯野めぐりわが手の平をゆく俳諧師

時雨忌や重し重しと木が歩く

破戒僧と枯野をさ迷う懐かしき

クマゲラの無神の穴を持ちあるく

凍月の波止場に犬の頭たちあがる

酒を嚙む一人の一夜に雪の音

風花が舞う月山《がっさん》を連れまわす

白菜いただきとろりと月山ねむるかな

風花やぼうぼうたる夜の蝶

白骨が白骨を嗅いで冬籠り

小春日とメロンパンをわけあうの
寒林に隠れたもろもろ出ておいで

鮟鱇の吊し切り核災国家メルトダウン
しばらくは裸木に紛れるしかるべく

禅師きてこれが野ざらし冬の華

いり日かげ寒鴉《かんあ》礼装し横ならび

焚けるもの焚いても焚けぬ焚火かな

病む女は焚火を全裸と思いけり

昔この焚火で灼かれた記憶あり

寒林やあつめては焚く鳥の脚

雨あがる蟻がはじめる蟻の列

東京のとつぜん笑うダンボール

曇り日は手足ながくなり愉快なり

ある切株は法然さんの恋の貌

犬の糞踏んづけ「祭りだ！わっしょい」

ヒモノ老人けむりはいて笑った魂消た

野に遊ぶあんたの〈ぽ〉ぼくの〈ぽ〉
ぼくの栓ぬけてぼくの〈ぽ〉行方不明

帆船とおぼしき声あげ宵化粧

にっぽんの一族めく村の樽

髪洗う完膚無きまで日没し

真っ昼間から有頂天なり富士の山

ざんきざんきとざわざわ酔う大山椒魚

晩年や空がおびえる空の碧

その日だけおれの穴に甘鷺がいた

隙あらば老人はなやぐ夕陽の木

雨あがる宙をカラマツに明けわたす

山頂で放尿すれば無数の手

放課後の夏目くんは変な蟲

吾輩は枯野で桃食う猫である

野良猫と晩夏を惜しむ錆びはじむ

野良犬がヒョウハクしている夕焼け橋

夕焼けて火柱となり孤児めくや

死螢と知らずに闇に手をいれる

見えぬ夏みえる燈台　旅つづく

木曾のなあ朝日や髪膚あらあらし

いっせいに老人性ぶつぶつ日本晴

雁行の枯野を行けば消える人

月光の意地悪《メシャン》意地悪《メシャン》と洗面器
白桃すするあんたの目玉が好きだった

寒林の骨立つ向こう玻璃の海

磨くほどあんたが消える窓硝子

落葉ふる言語言語《げんぎょげんぎょ》と落葉ふる

シャボン玉とばしてから土管のぞく

夕波の目をして海鼠腸《このわた》せせるかな

癌くるな鯖の腸《はらわた》きらきらす

あとがきにかえて――雨月

雨月
わたしは水に坐り水を観る
水には雨月の影がして
たくさんの水鳥たちが水搔きをひらひらさせ
グワッタタ　グワッタタ
鳥語もにぎやかに群れている
なかには水面に映る逆さの己と戯れるナルシストや
奇矯な言語《ゲンギョ》を吐きだす水鳥の嫌いな水鳥もいて
群から離れ遠ざかってゆく
その一羽の貌には見覚えがあった
水の寂しさを刻んだ貌には見覚えがあった

雨月

わたしは水に坐り水を聴く
水には雨月の音がして
妻の故郷の羽黒山の五重塔がその白骨を雨に濡らし
死の山といわれる月山の稜線を
月が紗にけむりながらすべっている

雨月の音がして
百代の過客たちが雨にうたれながら
尸界のものたちと連れ添い
鬼哭啾々として山河を踏み越え消えてゆく
その一人の後ろ姿には見覚えがあった
水と流離う猫背には見覚えがあった

跋——齋藤愼爾

非人としての俳諧者

「俳」なる字は、人と非から成る。人非人、即ち俳人

　原満三寿氏は金子光晴の全行程の深耕をめざし、金字塔『評伝　金子光晴』を樹立した詩人・俳人としてしられるが、私はこの一歳年下の原氏に勝手に私淑していることを吹聴してきたしがなき俳＝廃人である。

　原氏の俳論集『いまどきの俳句』は、ほぼ二十年という歳月、私の座右の書である。氏は稀にみる思索の、思想の人である。金子光晴師について語った「肉体の、内臓の深いところで思想する詩人」は、まさに原氏その人以外の誰でもない。帰属すべき権威や秩序をもたず、共同体の物語や神話に安住することもない。正統を持たず、群れることを拒否し、一人で国家と対峙する非定住の精神。前途茫洋、途方に暮れたとき、私はきまってこの書を開いた。峻烈なロゴスの淵源を穿つてい の魂魄の息吹きに触れ、

そのたびに私は蘇生することが出来た。もし私に欠片《かけら》ほど〈独往〉の徴とでもいったものが纏《まと》わっていると感じられたとしたら、それは私を震撼させた原満三寿氏の姿勢を〈模倣〉のタピストリイに織り込むことを励行したことの微粒子ほどの収穫である。「俳諧という構造が、日本文化の異端の装置として機能している」という氏の俳諧から引く。

　桃さいて薄笑いする日章旗

　花と痴れ「悪の凡庸さ」を知るべしや

日の丸の旗は清浄無垢な民族、万世一系の純血を誇る天皇制の象徴として、穢れを忌み嫌った国家神道が、白地に赤い丸だけの単純美を愛でる。薄笑う日章旗を峻拒しなくてはならぬ。二十世紀の思想家、ハンナ・アーレントは、ナチスの秘密国家警察《ゲシユタポ》幹部、アイヒマンの裁判のレポート「イエルサレムのアイヒマン――悪の凡庸さについての報告」を「ザ・ニューヨーカー」に発表し、この「史上最悪の犯罪者」を特別の悪人でもなく、ごく普通の凡庸にして陳腐な市民にすぎないと書き、非難の嵐にさらされた。誰もがアイヒマンであり、あなたもまたアイヒマンであったかもしれぬ。

市中に身を隠す「陸沈」の人というべき原満三寿氏によって、いま新しい俳諧＝徘徊の姿勢が開陳される。

原 満三寿　はら・まさじ

一九四〇年 北海道夕張生まれ
現住所　〒333-0834　埼玉県川口市安行領根岸二八一三―一一―七〇八

略歴・著作

□俳句関係「海程」「炎帝」「ゴリラ」「DA句会」を経て、無所属
■句集『日本塵』（青娥書房）『流体めぐり』（深夜叢書社）
■俳論『いまどきの俳句』（沖積舎）
□詩関係　第二次「あいなめ」「騒」を経て、無所属
■詩集『魚族の前に』（蒼龍社）『かわたれの彼は誰』（青娥書房）『海馬村巡礼譚』（青娥書房）『続・海馬村巡礼譚』（未刊詩集）『臭人臭木』（思潮社）『タンの譚の舌の嘆の潭』（思潮社）『水の穴』（思潮社）『白骨を生きる』（深夜叢書社）
□金子光晴関係
■評伝『評伝 金子光晴』（北冥社　第二回山本健吉文学賞）
■書誌『金子光晴』（日外アソシエーツ）
■編著『新潮文学アルバム45 金子光晴』（新潮社）
■資料「原満三寿蒐集 金子光晴コレクション」（神奈川近代文学館蔵）

句集　流体めぐり

二〇一五年五月十五日　発行

著　者　原満三寿

発行者　齋藤愼爾

発行所　深夜叢書社

〒一三四―〇〇八七

東京都江戸川区清新町一丁目一番地三号二〇六

電話・ＦＡＸ　〇三―三八六九―三〇〇七

印刷・製本　株式会社東京印書館

ISBN978-4-88032-421-0 C0092